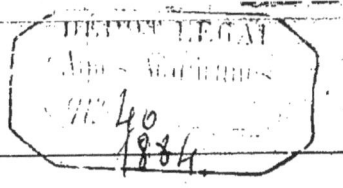

LES

MYSTÈRES & MYSTIFICATIONS

DE

M. LE COMTE C. MATTEI

DÉVOILÉS

L'Électro-Homéopathie est l'Idioiatrie

PAR

M. le Chevalier C. GIORDAN

SECONDE ÉDITION

Prix : 1 fr. 50

NICE

TYPOGRAPHIE ET LITHOGRAPHIE A. GILLETTA

Place Saint-Dominique, 2, et Descente Crotti, 6.

1884

LES

MYSTÈRES ET MYSTIFCATIONS

DE M. LE COMTE C. MATTEI

DÉVOILÉS

LES

MYSTÈRES & MYSTIFICATIONS

DE

M. LE COMTE C. MATTEI

DÉVOILÉS

L'Électro-Homéopathie est l'Idioiatrie

PAR

M. le Chevalier C. GIORDAN

SECONDE ÉDITION

NICE

TYPOGRAPHIE ET LITHOGRAPHIE A. GILLETTA

Place Saint-Dominique, 2, et Descente Crotti, 6.

1884

540

AVANT-PROPOS

Pourquoi j'écris cette brochure ? C'est ce que je dois dire au lecteur avant tout.

Au mois de mars 1878, M. le comte César Mattei, de Bologne, m'adressa un manuscrit italien pour le faire imprimer à Casale Monferrat, ma résidence depuis quinze ans où je suis professeur de physique. « Ce livre va frapper un grand coup, disait le comte, on fera des efforts suprêmes pour le faire échouer ; aussi, faut-il l'éditer en silence et avec la plus grande circonspection. »

Je ne connaissais alors Mattei que par sa correspondance qui datait de quelques mois seulement ; je confiai le manuscrit à l'imprimeur-typographe, M. P. Bertero, qui, l'ayant lu, en refusa la composition, vu son état de confusion et les fautes dont il était surchargé. Mattei, informé, me pria de retoucher et de coordonner son écrit, ce que je fis ; et après un travail fort pénible, la composition typo-

graphique put commencer. Alors, Mattei écrivait
lettre sur lettre pour hâter : « On a su, disait-il, que
« je publie un livre, la *ligue* se remue... Je reçois
« des lettres menaçantes ; des inconnus rôdent de-
« puis quelques jours dans les bois de la Rocchetta,
« l'escopette en bandoulière... Les *bravi*, dont je
« vous parlais dans ma précédente, se sont appro-
« chés des murs de mon château ; ce sont des con-
« damnés relachés de la Pantellaria pour venir me
« *faire peur*; hâtez l'édition, que je voie mon livre
« avant qu'ils viennent m'enlever. Ne pourriez-vous
« pas dater l'édition de Saint-Pétersbourg? vous
« aurez des ennuis vous-même, je vous le prédis. »

Le livre parut au mois de juin à la plus grande
consolation de Mattei qui ne cessait de me témoi-
gner sa reconnaissance ; mais ce livre souleva la
critique, surtout à cause des *lettres à l'adresse des
médecins* ; ces lettres devaient frapper le grand coup
et Mattei pour rien au monde n'en aurait permis la
suppression.

Je pris au mot la réponse à la critique qui, à vrai
dire, était plus injurieuse que solide : je publiai la
*Scienza nuova del conte C. Mattei e la scienza
vecchia del dottore C.*, Casale, typografia Bertero,
1878. Le comte a simplement parafé l'opuscule et
s'en est rendu ainsi l'auteur propriétaire.

Alors Mattei voulut me voir; il m'écrivit : « Depuis vingt ans j'étais en quête d'un homme ; je l'ai trouvé, je veux voir comment il est fait. Venez à la Rocchetta. »

Je désirais, moi aussi, voir comment était fait Mattei et m'éclairer à l'endroit de la *ligue*, des *bravi* qui couraient les bois de la Rocchetta ; car plusieurs fois, il faut bien que je l'avoue, en lisant ces récits ténébreux, j'avais songé à la possibilité d'un cas de *délire des persécutions*, qui n'est pas rare, selon les aliénistes, chez les vieux célibataires.

Le comte m'accueillit en ami, avec empressement et bonté. Je passai deux beaux jours au château que le comte s'est fait bâtir. Mattei me raconta sa vie, l'*histoire* de ses remèdes, l'origine de la ligue, etc., et à cette occasion, il me chargea de la rédaction en langue française d'un livre sur l'Electro-Homéopathie : c'était une nécessité, disait-il, pour faire connaître cette médecine et la dégager des entraves qui, jusqu'ici, l'avaient empêchée de se répandre.

D'après les impressions de cette entrevue, je me formai la conviction que M. le comte était une bonne nature, un peu original, aigri par les péripéties des événements politiques qui lui avaient enlevé une charge lucrative, et surtout par le procès qu'il me raconta en détail, des *faux-monnayeurs*, où son frère se trouva impliqué en 1867. Malgré les affirmations des gens du château qui avaient *vu les brigands* à l'approche du seuil, je croyais qu'il y avait là de l'exagération, mais j'étais aussi porté à croire qu'il y avait du vrai, puisque moi-même, loin des forêts, au centre d'une ville où les brigands ne font peur à personne, pour avoir soigné l'édition susdite, j'ai goûté ma part de la haine médicale. Bref, Mattei était à mes yeux un philanthrope luttant pour répandre une invention utile, quelque aurait pu être son mérite dans cette découverte.

Cette conviction inspira tout le plan du livre que j'écrivis pendant mes vacances à Nice, et qui parut au mois de janvier 1879 (1). Par des considérations de délicatesse, je prête la parole au maître dans toute l'étendue de ce livre, ce qui a fait croire que Mattei en était l'auteur; le comte lut les épreuves d'impression, mais rien de plus ; il approuva hautement l'ouvrage, jusqu'à dire *qu'on ne pouvait faire mieux que ce que j'avais fait*. C'est Mattei

_____

(1) *Electro-Homéopathie. Principes d'une science nouvelle, etc.*, première édition française. Imprimerie Gauthier, Nice, 1879.

(je n'y aurais pas songé un instant) qui me recommandait instamment de m'assurer la propriété littéraire de cette brochure qui, disait-il, va devenir pour vous, une source intarissable de gros bénéfices, tandis que ce livre va aussi donner l'élan à mes remèdes et assurer le triomphe décisif de mon invention.

Ces prévisions se sont avérées ; déjà en 1879, Mattei écrivait : « à la suite de la publication de votre livre en français, le mouvement est devenu immense ; de toutes parts on demande des remèdes ».

Ceci n'est pas exagéré ; depuis quatre ans le dépositaire de Nice, solde, à lui seul, pour cent mille francs de ces remèdes pris au dispensaire de Bologne. Les bénéfices du livre ne sont pas moins une réalité, seulement contre justice, c'est Mattei qui l'exploite. A l'heure qu'il est, il a vendu trois éditions. savoir : 1º édition anglaise (traduction de M. Garnier), tirée à 10,000 exemplaires et mise en vente à 5 fr. le volume ; 2º deuxième édition française tirée à Bologne à 10,000 exemplaires à 4 fr. ; 3º deuxième édition anglaise, tirée à Bologne à 10,000 exemplaires à 4 fr.

La vente de ces éditions abusives n'a pas cessé après le procès et le jugement prononcé en France contre Mattei.

Sans tenir compte des reproductions partielles telles que le nouveau livre que Mattei vend 8 francs,

ni des traductions en plusieurs langues annoncées
par ses journaux, on peut déjà être fixé sur le produit qu'il a retiré de mon travail, en dépit de ma
propriété littéraire ; cette propriété existe devant
la loi ; j'ai soutenu cinq procès pour la revendiquer
et la faire respecter. Ces cinq procès ont coûté tout
autant que ce qu'ont rapporté les bénéfices nets
des 6,000 volumes de ma première et dernière
édition. C'est inique, mais ce n'est encore rien :
Mattei annonce dans ces feuilles que je l'ai trompé
après avoir rempli ma poche, après m'avoir donné
70,000 francs pour prix de mes fatigues. La vérité
est que Mattei ne m'a jamais rien donné, pas même
un soixante-dix-millième de centime. Le jour où je
lui demanderai de prouver ses assertions calom-
nieuses, il pourrait bien encourir une deuxième
condamnation correctionnelle ; et le magistrat qui
naguère à Bologne lui a infligé une amende de
12,000 francs, tiendra compte probablement de la
récidive en diffamation.

Ainsi l'*homme* que Mattei venait enfin de trouver
après *vingt années qu'il le cherchait*, est tombé lui
aussi en disgrâce ; le Comte ne donne point d'ex-
plications, il a une formule à lui : la *ligue des brigands*. Mais j'en ai enfin saisi la raison par induc-
tion, et elle est fort curieuse.

En effet, Mattei venait de lire dans les épreuves
d'impression de mon livre, précisément à l'endroit
où je cherche à excuser le *secret* que la chimie
peut déceler de traces minimes de matière. Là-
dessus, en ma qualité de chimiste, il m'envoya des
cigares qu'un *russe inconnu*, venu le consulter,
lui avait laissés : « je me doute de quelque vilain
tour, ajoutait-il, veuillez les analyser et me renseigner, si vous y trouvez quelque chose. « J'y trouvai
l'*atropine* ; mais j'étais loin de supposer alors que
Mattei l'eût introduite lui-même dans le tabac.
Dans la conviction que j'avais que Mattei était une
franche nature, aurais-je pu imaginer tant de
malice ? Mattei ayant reconnu exacte mon analyse,
se méfia, et ne visa plus qu'à m'éloigner ; mais
il avait encore besoin de moi, c'est-à-dire de mon
édition française et de l'édition anglaise. Celle-ci,
traduite per M. Garnier, mon concessionnaire, était
près de paraître. Mattei fit encore une *épreuve*, il
m'envoya un article qu'il me priait de faire insérer
dans plusieurs journaux ; c'était un *libelle* ; je
refusai de le faire publier. A quelques jours de là,
Mattei ayant entre ses mains tout ce qu'il atten-
dait, lança l'anathème : 1° contre moi, pour écarter
le *chimiste* qui pouvait être un émissaire de
la ligue puisqu'il refusait de faire imprimer les

noms et les agissements des chefs ; 2° contre Garnier, pour briser le contrat de vente de son édition anglaise et s'emparer lui-même des volumes.

Faut-il dire que la liste des dépôts fut le prétexte par lequel Mattei a cru justifier ses procédés ? La liste insérée dans mon édition avait été supprimée par Mattei sur la demande de M. J. Delapraz, de Genève ; Garnier avait pour clause de la concession d'omettre cette liste ; mais il avait commencé à imprimer la nouvelle note dressée par Mattei et celui-ci lui imposa, par télégramme, d'en faire cesser l'impression, car il se réservait le droit de publier ses dépôts. Il publia un avis que les livres de Garnier étaient *faux* et que celui-ci et Giordant *l'avaient trompé !*

Le lecteur a pu voir déjà la raison de la présente publication ; je crains seulement qu'il n'y voit l'intention de flétrir Mattei. La raison, au contraire est de ma part, l'expiation d'une faute : j'ai le tort d'être dupe, d'avoir cru Mattei inventeur et philanthrope ; le mécompte ici m'afflige plus que les vexations endurées ; il en coûte à l'homme d'honneur qui a épousé consciencieusement une cause, de se dire : *je me suis trompé !* Pourtant la tâche ingrate s'impose, il faut dire aujourd'hui au public qui a lu mes livres électro-homéopathiques, ce qu'est l'inventeur, ce qu'est le philanthrope.

LES MYSTÈRES

ET LES

MYSTIFICATIONS DE CÉSAR MATTEI

DÉVOILÉS

M. le comte César Mattei a fait publier tout récemment, à Nice, imprimerie Gauthier et C°, un nouveau livre ayant pour titre : *Médecine électro-homéopathique, ou nouvelle thérapeutique expérimentale*, par le comte César Mattei.

Les personnes qui ont quelque connaissance du système médical dont M. Mattei est généralement réputé l'inventeur, ne seront pas peu étonnées de trouver dans ce livre la théorie toute nouvelle qu'en donne l'auteur, théorie qui n'est rien moins, on va le voir, qu'une révélation du secret dont Mattei a fait mystère jusqu'à ce jour.

Le livre en question a paru par les soins de M. Ghirelli, ex-major garibaldien, [1] représentant du comte pour la France, l'Espagne, la Suisse, etc. ; mais nous savons que la rédaction en a été soumise et même expliquée à

---

[1] Voir les journaux l'*Opinione*, 15 octobre 1867 ; l'*Osservatore Romano*, 22 octobre 1867, et surtout la *Civitta Cattolica* 18ᵐᵉ année, vol. xii de la 6ᵐᵉ série, 20 septembre 1867, pag. 369 (Roma).

Mattei, qui, afin de bien marquer son appro-
bation, a apostillé tout particulièrement l'exposé
de la nouvelle théorie. Encore, pour enlever
tout doute à cet égard, Mattei a-t-il jugé à
propos d'adresser aux amis de l'Electro-Homéopathie la première page de son livre où on
les informe que : « jusqu'à ce jour, il s'est
« abstenu de dicter un livre qui exposât la
« théorie de l'Electro-Homéopathie, désirant
« avant tout affirmer la nouvelle thérapeutique
« par des expériences répétées. Après vingt-
« cinq ans d'essais, ajoute-t-il, je peux vous
« offrir le fruit de mes études et le résultat de
« mes expériences. »

Ainsi, quel que soit le rédacteur, il est certain que la vraie théorie de Mattei est celle
d'aujourd'hui, c'est même la seule dictée par
Mattei, tirée d'une expérience de vingt-cinq
ans et mise en harmonie avec les effets des
remèdes. Prenons note de cette affirmation et
passons à l'examen de la théorie. Elle est
exposée, sous la forme d'introduction, depuis
la page IX jusqu'à la page XXVII de l'ouvrage
en question.

Après l'avoir lue, on se demande pourquoi
Mattei nous a fait attendre *vingt-cinq ans*
(c'est positivement erroné, qu'on le remarque
bien, car le début de l'Electro-Homéopathie

daté de 1865), la déclaration qu'il nous fait aujourd'hui ? Il nous avait toujours dit, et nous l'avions cru, qu'il était l'inventeur de la nouvelle médecine qu'il appelle Electro-Homéopathie ; or, cette médecine se trouve être, d'après la théorie dictée par Mattei, tout simplement la *Médecine composite,* ou la nouvelle méthode homéopathique dont l'origine remonte à plusieurs années avant l'apparition de l'Electro-Homéopathie, et dont l'invention n'appartient pas, assurément, à M. le comte C. Mattei. Ainsi, Mattei nous avait mystifié à l'endroit des remèdes et de l'invention ; aurait-il songé à nous mystifier encore en nous donnant, comme résumé de *ses études,* une théorie qu'il n'a fait que copier ? Ce serait pousser l'audace jusqu'à la démence ; Finella est mort, mais son ouvrage reste ainsi que celui de Belloti son devancier ; Mattei en copiant ces ouvrages aurait dû prévoir que le plagiat ne passerait pas inaperçu. Cet ouvrage a été imprimé, en 1877, chez Baillière et fils, rue Hautefeuille, 17, à Paris, et le titre en est : *Nouvelle méthode homéopathique, basée sur l'application des remèdes complexes au traitement de toutes les maladies,* par le docteur Finella. Toute personne qui voudra se procurer ce livre, y trouvera textuellement ce que

Mattei a dicté à l'ex-major garibaldien dans
l'introduction du nouveau livre comme étant
la seule et la vraie théorie de l'Electro-Homéopathie. Les différences entre le texte légitime
et l'imitation se réduisent à ceci : que l'exposition de M. Finella, quoique succinte, est très
lucide, raisonnée et complète, tandis que
Mattei a déchiqueté le travail du savant docteur, l'a gâté en maints endroits, mal copié et
mal compris, ce qui n'empêcherait pas, croyons-
nous, de poursuivre le plagiaire pour délit de
contrefaçon. L'identité des deux théories médicales dans le cas qui nous occupe, suppose forcément l'identité des remèdes électro-homéopathiques de Mattei et des remèdes *complexes* du
docteur Finella ; mais, ce qui est plus étonnant,
c'est que cette identification n'est pas cachée,
au contraire, Mattei l'affirme partout, car non
seulement il dit que sa théorie est le résultat
des expériences faites avec les remèdes, mais il
répète sans cesse que les remèdes électro-
homéopathiques ne sont autre chose que les
spécifiques complexes dont la composition est
spécifiquement appropriée aux organes divers
du corps humain, ce qui est précisément la *nouvelle méthode homéopathique*, ou l'*Idioiatrie*,
dont on trouvera ci-après une notice sommaire.
  Depuis longtemps nous avions acquis la

conviction que l'Electro-Homéopathie n'était
pas une invention de M. Mattei ; notre conviction était surtout le résultat d'études chimiques
faites depuis trois ans sur les remèdes Mattei où
nous avions décelé plus que des *succ d'herbes*,
mais des minerais et surtout l'*arsenic* qui
entre aussi dans la plupart des remèdes idioiatriques ; d'ailleurs, peu disposé à croire aux
historiettes ou à l'intervention du Ciel par lesquelles on explique l'origine de la découverte,
nous considérions, au contraire, comme évident
qu'un homme dépourvu de connaissances, même
les plus élémentaires, dans les sciences n'avait
pu inventer une médecine qui, sans avoir la
portée que Mattei lui attribue, n'en possède
pas moins un fond réel. Mais nous étions loin
de nous attendre à ce que Mattei vint nous
faire toucher la chose, pour ainsi dire, du doigt;
c'est pourtant ce qui arrive aujourd'hui par la
publication du livre précité. Faut-il voir dans
ce fait une application du vieux proverbe:
quos vult perdere Jupiter dementat, c'est-à-
dire qu'à force d'imaginer dans son exaltation
mentale des brigands, des contrefacteurs, des
traitres, Mattei aurait fini par se trahir lui-
même? On a vu des mystificateurs du public
dupes à leur tour des mystifications les plus
plaisantes. Mais nous aimons mieux croire que

2

Mattei a voulu tenir une vieille promesse ; il avait dit qu'un jour le monde connaîtrait son secret ; eh bien ! avancé en âge, Mattei qui a 75 ans, a jugé que ce jour était venu : c'est la seule explication plausible du fait inattendu qui vient de se produire ; autrement il faudrait supposer que Mattei a compté sur une crédulité ou plutôt sur une ignorance absolue chez tous les lecteurs de son livre, ou bien qu'il est lui-même aveuglé au point de ne pas comprendre qu'en publiant la théorie de l'Idioiatrie comme étant précisément celle de l'Electro-Homéo-pathie, il avouait que l'Electro-Homéopathie n'est autre chose que l'Idioiatrie. Mattei prétendrait-il que l'Idioiatrie n'est elle-même qu'une contrefaçon de l'Electro-Homéopathie ? Le lecteur aura déjà remarqué l'erreur de date que nous avons signalée plus haut à propos d'un passage où Mattei parle de vingt-cinq ans d'expériences ; plus loin, il trouvera l'historique de l'Idioiatrie et la date de son invention fort antérieure à l'année où Mattei débuta en médecine.

Nous pourrions nous arrêter ici en renvoyant pour la preuve de ce que nous avons avancé, à l'examen comparé de l'ouvrage du docteur Finella et du livre récemment publié par Mattei. Mais, pour épargner les recherches

au lecteur, nous lui présentons le travail tout
fait, nous rapportons donc, sur deux pages,
d'un côté, la théorie électro-homéopathique
dictée par Mattei, de l'autre côté parallèlement,
les passages correspondants de Finella dont
l'ensemble forme le travail littéraire de Mattei ;
l'indication des pages permettra à chacun de
vérifier.

Le pillage textuel ou presque textuel ne
commence, dans le livre de Mattei, qu'à partir
de la ligne 16 de la troisième page (numé-
rotée xi) de l'*Introduction*. Nous jugeons
pourtant à propos, do résumer ce qui précède
soit pour l'intelligence de la suite, soit pour
mettre en relief le *tour de force* par lequel
Mattei passe de la vieille hypothèse *du sang
et de la lymphe* à la savante théorie des
spécifiques complexes appropriés à chaque
organe du corps humain. On aura quelque
difficulté à saisir le lien logique entre ces deux
théories, l'ancienne et la moderne ; mais
comme Mattei fait quelquefois de la *métaphy-
sique* et qu'on peut douter s'il se comprend
toujours lui-même, il ne nous est pas toujours
donné de le comprendre.

L'ÉLECTRO-HOMÉOPATHIE

DE MATTEI

EST

L'IDIOIATRIE

———

Mattei commence dans l'introduction, par nous faire remarquer que le corps humain se compose de sang et de lymphe ; il en tire la conséquence que les parties diverses de l'organisme se ressemblent toutes entre elles *dans leur essence*.

Pour lui, toute maladie vient de l'altération de l'un de ces deux liquides ; *en prenant pour base cette théorie, il est facile de comprendre* (voilà le tour de force) qu'il faut avoir des *spécifiques complexes*, choisis et réunis de telle manière que chacun corresponde aux maladies d'un organe spécial.

Cela posé, Hahnemann, à qui nous sommes *débiteurs* (sic) de la découverte de la *spécificité* des remèdes, a fait fausse route en prescrivant de ne prendre jamais qu'un *seul* remède à la fois. La méthode de Hahnemann, basée sur l'unité de remède, ne peut donc être pratique, il faut y joindre ce qui manque, savoir les remèdes complexes qui *forment la thérapeutique électro-homéopathique.*

En effet, toute œuvre de la nature n'est que la combinaison de diverses unités : *c'est sur ce principe que j'ai fondé mon système.*

A partir de ce point nous reproduisons *in extenso* le texte de Mattei dans la page de gauche ; la page de droite contient l'assemblage de *morceaux choisis* dans l'ouvrage de M. Finella, à l'aide desquels Mattei a composé et enfin dicté après vingt-cinq ans, sa *théorie* de l'Electro-Homéopathie.

MÉDECINE ÉLECTRO-HOMÉOPATHIQUE

OU

NOUVELLE THÉRAPEUTHIQUE EXPÉRIMENTALE

PAR LE COMTE CÉSAR MATTEI

—

Nice, V.-E. Gauthier, 1883

———

INTRODUCTION

Il est indispensable, à mon avis, d'avoir la collaboration de plusieurs médicaments, qui, réunis
d'une manière harmonique, constituent un levier
puissant, propre à renverser tout obstacle qui vou-
drait s'opposer au rétablissement de l'organisme ;
page XI.

L'unité est pour moi le composé de plusieurs
parties qui, se confondant dans une union générale, constituent l'*unité* véritable, par l'accord avec
lequel elles concourent ensemble à une action commune dont le but est la guérison.

NOUVELLE MÉTHODE HOMÉOPATHIQUE

BASÉE sur L'APPLICATION des REMÈDES COMPLEXES

AU TRAITEMENT DE TOUTES LES MALADIES

Par le Docteur FINELLA

—

Paris, J.-B. Baillière, 1877

———

THÉORIE DU SYSTÈME

Il est indispensable d'avoir la *collaboration* de plusieurs médicaments, qui, par leur accord harmonique, constituent le levier puissant destiné à renverser tous les obstacles qui voudraient s'opposer au retour de l'organisme à la santé ; page 12.

Unité signifie pour nous *un avec plusieurs* ; ainsi un seul remède renfermant en lui plusieurs propriétés curatives, ou plusieurs médicaments concourant ensemble au développement de ces mêmes propriétés curatives, conservent l'*unité* dans un certain sens... De même encore, dans une réunion de divers médicaments, le remède n'en demeure pas moins une *unité* composée de plusieurs parties, lesquelles parties disparaissent dans l'union générale et deviennent *unité*, parce que toutes concourent avec ensemble à l'action commune, ayant pour but la guérison ; page 13.

Par conséquent, l'unité des remèdes, telle qu'elle a été pratiquée jusqu'à présent par les homéopathes, est une erreur capitale qui a retardé de beaucoup les progrès réels de l'homéopathie; pages xi et xii.

L'expérience m'a démontré que, pour guérir une maladie constituée de plusieurs symptômes, il n'y a que l'action combinée de plusieurs remèdes qui puisse lutter contre ses manifestations diverses dans les parties affectées de l'organisme. Tandis que la médecine homéopathique, en n'admettant, dans le traitement des maladies, qu'un seul remède à la fois dirige forcément l'action du remède à un seul genre de tissus ou à un seul point déterminé, qui peut bien si l'on veut, être le tissu ou la partie la plus sérieusement affectée de l'organisme, mais les tissus collatéraux atteints eux aussi, n'éprouveront d'amélioration que par contre-coup où resteront dans le même état de souffrance; page xii.

Cela admis, il faut reconnaître qu'une telle guérison est incomplète; car, lors même que la maladie aurait été vaincue par un seul agent, celui-ci n'a pas pu en détruire les symptômes secondaires qui se produisent toutes les fois que la santé s'altère, guérir ou détruire en même temps le principe morbide.

Il est vrai que, dans une cure spéciale, on change rationnellement les remèdes à mesure qu'il se présente de nouveaux symptômes ; mais il n'est pas moins vrai que si, dans la courte période d'une maladie aiguë, on change le médicament à chacune de ses phases, l'on s'expose à perdre de l'efficacité

L'unité des remèdes, comme les homéopathes l'ont interprétée et pratiquée jusqu'à ce jour, est, en homéopathie, une erreur capitale, qui a jusqu'ici arrêté le progrès de cette doctrine médicale ; page 13.

L'expérience nous a confirmé qu'il faut, pour guérir une maladie renfermant plusieurs symptômes, l'action simultanée de plusieurs médicaments pouvant lutter dans le même temps et avec ensemble contre toutes les parties affectées de l'organisme ; page 14.

Les médecins homéopathes n'admettant pas dans le traitement des maladies plus d'un médicament à la fois, bornent forcément l'action du médicament à un seul genre de tissus de l'organisme ou à un seul point qui est peut-être l'organe ou le tissus le plus malade ; mais, dans ce cas, tous les autres tissus affectés n'auront une amélioration que par contre-coups, ou resteront dans le même état de souffrance ; page 14.

Cependant, même dans le cas de maladies aiguës la médication complexe est encore préférable. En effet, si l'on guérit avec un seul médicament, il arrive quelquefois qu'on ne guérit qu'incomplètement, car en détruisant la cause de la maladie par un seul agent, celui-ci n'a pas pu, en même temps qu'il guérissait ou détruisait la cause morbide, détruire complètement les symptômes secondaires qui se présentent chaque fois que la santé est altérée.

Il est vrai que dans tout traitement rationnel il y a, selon les symptômes qui se manifestent, des médicaments à opposer à ces symptômes à mesure qu'on les voit naître ; mais pendant la courte période d'une maladie aiguë, en changeant de médicament à chacune de ses phases, on est exposé à

des remèdes divers, qui, se succédant trop rapidement, ne font qu'amener une aggravation dans l'état
du malade. Tandis que, attaquée à son origine par
les remèdes électro-homéopathiques, ou complexes,
qui l'arrêteront dans chacun de ses symptômes, la
maladie dont on détruit la cause ne pourra pas se
développer : et il n'est même pas nécessaire que
tous les symptômes se manifestent, puisqu'en luttant contre les plus marqués, on prévient par ces
remèdes la manifestation de ceux dits secondaires ;
page xii et xiii.

- Mes remèdes électro-homéopathiques constituent
donc un immense progrès dans le champ de l'homéopathie ; je ne me fais pas d'illusions, cependant, sur la guerre acharnée dont ma découverte
est l'objet de là part des diverses opinions médicales ; mais je lutterai contre tous les obstacles
parce que je regarde cette lutte comme un devoir
envers l'humanité souffrante. Il y en a d'autres
qui se disent innovateurs de ma nouvelle science
médicale : je les appelle des falsificateurs, car de
telles innovations ne peuvent que produire des
erreurs déplorables. Dieu veuille que la lutte soit
abrégée et que ma découverte puisse triompher
des ennemis du bien-être de l'humanité ! (1)
•page xiii.

(1) C'est le voleur qui crie au voleur pour le bien-être de
l'humanité ! Ici c'est la théorie volée dans le livre de Finella ;
plus loin, c'est la pratique et la clinique même volée dans
l'ouvrage de Bellotti et nous le montrerons plus loin.

perdre en partie l'efficacité de chaque médicament
trop rapidement changé, et surtout, én attendant
trop longtemps, de laisser s'aggraver une affection, qui, prise au début, étouffée en naissant, ne
pouvait se développer grâce à l'action des remèdes
complexes. La maladie étant ainsi attaquée sur
tous les points, il n'est pas besoin d'attendre la
manifestation du symptôme pour la combattre, de
sorte qu'au lieu d'avoir à lutter avec un médicament contre un symptôme, vous parvenez, au
moyens de remèdes comple. es, à prévenir le symptôme même ; page 15.

La complexité des remèdes, en homéopathie, est
un progrès immense : malheureusement, avant que
ce progrès soit accepté partout, il y aura des luttes
et *bien des obstacles*. Les uns combattront le système, les autres attaqueront la formation des
groupes, ceux-ci voudront retrancher, ceux-là
ajouter. Des différentes opinions, il naîtra nécessairement des erreurs. Dieu veuille que ce temps
de lutte soit abrégé et que le nouveau système sorte
pur de ce chaos de pensées ! page 17.

Par mon système électro-homéopathique, j'ai
donc voulu mettre le sang et la lymphe malades à
même d'attirer à eux la substance la plus convenable à leur guérison et de délivrer chaque organe
spécial des causes hostiles qui s'opposent au libre
exercice de ses fonctions sans lui faire violence par
des remèdes impropres à sa guérison. Voilà en
peu de mots ma théorie et mes remèdes complexes
ne signifient pas autre chose. Pour chaque affection de l'organisme, qu'elle soit générale ou locale,
affectant un organe spécial ou un groupe d'organes, il y a des remèdes qui par leur complexité
couvrent non seulement la plus grande partie,
mais la totalité des symptômes de la maladie, de
sorte que l'action simultanée de ces divers médicaments guérit à la fois la cause et les effets ;
page xiv.

Il sera facile, d'ailleurs, de s'assurer que mon
Electro-Homéopathie, qui a amené une grande
réforme dans la thérapeutique d'Hahnemann,
s'appuie aussi sur la physiologie pour ce qui
concerne cette action sympathique et attractive qui
existe dans toutes les fonctions des êtres et des
végétaux, qui, lorsqu'ils sont dans leurs conditions
normales, obéissent tous à une loi d'appropriation,
d'assimilation et d'analogie, qui leur fait absorber
ce qui leur est utile, repousser ce qui leur est nuisible et en particulier ce qui les dégoûte ; page xiv.

C'est l'organisme lui-même qui choisit, dans un
groupe de remèdes *subtilisés* et *dynamisés*, ce qui
est nécessaire à sa guérison.

Ainsi dans un remède composé, tel ou tel de ses
éléments ne sera utilisé par l'organisme malade
que dès qu'il rencontrera dans l'état morbide ou

La méthode employée jusqu'à ce jour en homéopathie a été fausse en ce que, au lieu de laisser aux
organes, lorsqu'ils sont malades, le choix des
médicaments appropriés à leur guérison, on leur a
toujours *imposé* des médications *plus* ou *moins*
appropriées...

Aujourd'hui nous ne voulons pas guérir chaque
organe en le forçant à s'approprier des remèdes
impropres, mais mettre à sa portée les substances
les plus convenables à sa guérison. La complexité
des remèdes ne signifie point autre chose. Pour
chaque affection particulière, soit d'un organe, soit
d'un groupe d'organes ou pour une affection générale de l'organisme, il y a un remède *spécifique*
qui, par sa complexité, couvrira non seulement la
majorité des symptômes, mais *tous les symptômes
de la maladie*, de sorte que, par l'action simultanée
de ces différents médicaments, on guérira à la fois
la cause et les effets dans les maladies et on aura
ainsi peu ou point de convalescence ; page 18.

On arrivera d'autant mieux à se familiariser avec
cette nouvelle et grande réforme apportée dans la
thérapeutique d'Hahnemann, que l'on pourra s'appuyer sur la physiologie même, sur cette action
sympathique et attractive existant dans toutes les
fonctions des êtres et des végétaux qui tous obéissent, en santé, à une loi d'appropriation, d'assimilation et d'analogie qui leur fait absorber l'utile et
rejeter l'inutile, le nuisible surtout ; page 21.

Dans l'état de maladie où les aptitudes de l'organisme sont plus vives, les mêmes dispositions exis-
tent, et elles décident du choix à faire dans un
groupe de remèdes dynamisés ; page 21. Chaque
organe affecté aura pris dans le remède complexe
un ou plusieurs médicaments nécessaires à sa
guérison et les médicaments qui n'auront pas de
rapport direct avec la maladie resteront sans action

dans la maladie elle-même un quelque chose
auquel il se heurte. Les autres éléments du même
remède devront nécessairement être complètement
inutiles, c'est-à-dire, n'avoir aucune action médi-
cinale, ne faire ni bien ni mal. Cette loi seule est
capable d'expliquer comment un remède simple
ou composé, pour peu qu'il soit administré homéo-
pathiquement, passe totalement inaperçu pour un
organisme en santé parfaite. Il est évident qu'une
telle loi n'a plus sa raison d'être dès que les doses
passent de l'homéopathie dans l'allopathie, qu'elles
sont plus pondérables ; page xv.

Chaque spécifique est formé de plusieurs médicaments qui, dans leur ensemble, couvrent complètement le groupe d'organes auquel ils sont destinés. Or, dans la complexité de ces remèdes il y en
a qui se portent nécessairement à la masse du
sang, où tous les médicaments que chaque spécifique renferme, mis en relation directe avec les
organes en souffrance, se prêteront un concours
simultané, la maladie principale correspondant par
là même au spécifique administré ; page xv. (Ici
Mattei a manqué le sens.)

En effet, l'organe atteint absorbe les médicaments qui lui conviennent ; les autres médicaments,
subdivisés, seront absorbés à leur tour par d'autres
tissus et d'autres organes. Or, si avant qu'un
organe soit complètement rétabli, ou pendant qu'il
est malade, un autre organe est atteint, malgré la
complexité des remèdes il faut recourir à ceux qui
ont une action spécifique pour combattre les affections de l'organe qui a été atteint le dernier et
alterner les deux spécifiques d'une manière rationnelle ; pages xv et xvi.

et ne détermineront jamais d'aggravation ; page 28.

Nous suivons en cela les lois de la nature... Cette loi de la création suffit pour prouver la nécessité des remèdes complexes... Les différentes parties de l'organisme sauront prendre et attirer à elles les médicaments nécessaires à leur guérison en rejetant les autres ; page 19.

Ce mode d'agir ne peut se comprendre que par la dynamisation des médicaments et leur substitution.... Toute substance existant dans l'air ou dans la terre, servant à l'alimentation des végétaux n'y est qu'à l'état *dynamique* et extrêmement subtilisé, sans quoi son absorption ne pourrait avoir lieu... ; page 20.

Chaque spécifique est formé de plusieurs médicaments couvrant la totalité des affections du groupe d'organes auquel il est destiné. Or, dans ces remèdes, il y en a nécessairement dont l'action porte sur la crase du sang et correspond à l'état de souffrance d'autres organes ou d'autres tissus. C'est ainsi que tous les médicaments renfermés dans chaque spécifique se prêteront simultanément leurs concours. La maladie principale, correspondant au groupe administré, sera attaquée avec plus de force que les maladies secondaires.... ; page 22.

L'organe malade absorbera les médicaments qui lui conviennent.; les autres, subdivisés, seront absorbés à leur tour par les autres tissus et organes. Maintenant, si avant qu'un organe soit complètement rétabli, ou si pendant la maladie, un autre organe, malgré la complexité du remède, vient à être frappé de maladie, il faut recourir au groupe destiné à combattre les affections de l'organe ultérieurement attaqué.

(Nous omettons ici le reste, assez insignifiant d'ailleurs, de la page xvi du livre Mattei et *passons* à la page xvii.)

Je puis affirmer que, grâce aux cures répétées et continuées pendant vingt-cinq ans avec succès, j'ai réussi à trouver une combinaison vraiment parfaite de ces médicaments; découverte qui me donne le droit de répéter que la nouvelle application de ma théorie à l'homéopathie est définitivement et avantageusement assurée. (1) En effet, un de mes spécifiques, possède non seulement une action directe sur la masse du sang ou de la lymphe, mais encore il possède une action spéciale sur un ou plusieurs organes ou tissus et sur toutes les parties qui en dépendent. (2) Car, il résulte nécessairement de la multiplicité des symptômes, dans telle maladie d'un organe spécial, une perturbation dans toutes les dépendances de l'organe lui-même.

Or, si avec un seul remède, on arrive souvent, dans les maladies aiguës, à une guérison très rapide, on peut facilement se figurer le succès que l'on peut obtenir par mes spécifiques qui, après tout, sont des remèdes complexes, que j'ai appelés, à cause de leur rapidité d'action, comme je l'ai dit plus haut, électro-homéopathiques ; page xvii.

Je dis aussi que, dans un même individu, un seul remède peut arriver à guérir plusieurs organes, car les remèdes dynamisés ont une action réelle sur l'organisme toutes les fois que l'état de l'organisme en exige l'emploi ; page xvii-xviii.

Un remède qui pourra guérir en plus d'un cas

(1) Puisque votre théorie est manifestement volée, votre découverte est définitivement une contrefaçon.
(2) C'est le spécifique général n° 1 de Soleri.

Sans oser affirmer que nous sommes parvenu à la combinaison *absolument* parfaite de ces médicaments, nous avons le droit de dire que les études spéciales, fondées sur l'expérimentation la plus sérieuse que nous poursuivons depuis longtemps avec le plus grand soin, nous ont permis de jeter les bases de la nouvelle application de l'Homéopathie. A d'autres, à compléter l'œuvre plus tard ; page 24.

Un spécifique a, non seulement une action directe sur un organe ou sur un tissu, mais encore sur toutes les dépendances de l'un ou de l'autre. Car, en vertu même de cette multiplicité des symptômes dans certaines maladies d'un organe affecté, il résulte nécessairement un désordre dans toutes les dépendances de cet organe.

Or, si avec un seul remède dans les maladies aiguës, on arrive souvent à des guérisons rapides, quels succès doivent obtenir tous ceux qui voudront les traiter avec les remèdes complexes ; page 24.

Nous avons dit que, dans un même individu, un seul remède ne pouvait concourir à la guérison de plusieurs organes que par contre-coups ; mais il ne faut pas en conclure qu'un organe ne puisse absorber qu'un médicament, et qu'une action étant donnée par un médicament, l'action d'un second reste inutile ; car les médicaments dynamisés ont une action sur l'organisme toutes les fois que l'état même de l'organisme en réclame l'emploi ; page 24.

La Bryone, par exemple, qui guérira dans beau-

une affection aiguë des poumons, du cœur ou des intestins, aura de même une action efficace dans un cas chronique, où tous ces organes sont simultanément affectés ; page xviii.

Aussi quand il faut combattre une maladie, qu'elle soit chronique ou aiguë, ou l'attaquer avec un seul remède, c'est-à-dire *sur un seul point*, avec mes remèdes électro-homéopathiques ou complexes, on couvrira tous les divers symptômes de la maladie. Les organes les moins malades subiront une amélioration proportionnée ; et de cette manière, la maladie sera enrayée par un seul spécifique, bien qu'il soit nécessaire dans la suite d'alterner ce premier remède avec d'autres spécifiques pour détruire tous les symptômes qui pourraient encore se présenter, jusqu'à leur disparition totale ; page xviii.

Il est facile de constater l'impossibilité de choisir avec une précision constante le *seul remède* nécessaire dans une maladie chronique ; chose impossible, à moins que le hasard ne soit favorable. Avec mes spécifiques, au contraire, on a, avant même de s'en servir la certitude qu'ils sont efficaces ; pourvu qu'il y ait encore un souffle de vie, on peut être sûr d'une amélioration, et si les organes ne sont pas profondément attaqués, on peut compter sur une guérison certaine ; page xviii.

Et même dans le cas où les maladies aiguës ne présenteraient pas de graves perturbation, et où un seul remède serait suffisant pour amener la guérison, mes spécifiques électro-homéopathiques se montreront encore supérieurs à ce remède unique, et surtout, l'application de mes spécifiques est si simple que, pourvu que la diagnose ait donné une idée bien exacte de la cause de la maladie,

coup de cas, une affection aiguë soit des poumons, soit du cœur, soit des intestins, ne produira pas d'action dans un cas chronique où ces organes seront *simultanément* intéressés ; page 25.

Toutes les fois que vous avez à combattre une maladie aiguë ou chronique, au lieu d'attaquer la maladie avec un *seul* médicament, c'est-à-dire sur un *seul point*, vous aurez recours au remède spécifique complexe qui couvrira, à lui seul, tous les symptômes de la maladie. Les organes, selon qu'ils seront plus ou moins lésés, recevront une amélioration équivalente, et la maladie sera arrêtée par le fait de ce seul spécifique. Vous attaquerez ensuite, avec un autre spécifique, les symptômes qui persisteront jusqu'à ce qu'ils aient complètement disparu ; page 26.

Il faut tant de justesse dans le choix d'un médicament *seul*, et ce choix est si difficile à faire dans une maladie chronique, qu'il faut bien avouer que, dans quelques cas, le hasard vient à notre aide en nous donnant des guérisons surprenantes avec un *seul* médicament, souvent choisi avec hésitation ; quelle différence, au contraire, avec un médicament complexe ! Vous êtes certain d'avance de l'efficacité du *spécifique*, et pour peu qu'il y ait chance de réussite, vous obtenez toujours une amélioration, et souvent une complète guérison ; pages 27 et 28.

Dans le cas ou la maladie aiguë n'entraîne qu'un désordre facile à faire disparaître avec un seul médicament, le spécifique complexe est encore bien supérieur. D'abord l'application est tellement simple, que lors même que le diagnostic ne vous donnerait pas l'idée exacte de la cause de la maladie, pour peu que vous sachiez quel appareil de l'organisme est affecté, peu importe de quelle manière, (peu importe comment), ils agiront toujours d'une manière complète et absolue, page xix.

En effet, si un seul organe est attaqué, le spécifique électro-homéopathique le guérit mieux que tout autre remède puisqu'il fournira nécessairement à tous les tissus des organes les substances indispensables à leur guérison, quels que soient d'ailleurs les symptômes particuliers : je puis même affirmer que dans ce cas, la guérison sera radicale, parce que l'agent curatif pénétrera dans l'organisme en opérant en même temps sur l'état malade lui même et sur tout ce qui en dérive ; page xix.

(Nous omettons l'alinéa qui suit qui ne dit rien d'important).

Dans la composition de mes spécifiques j'ai dû tenir compte (pour ne pas détruire l'efficacité de leur application) des rapports sympathiques que doivent avoir entre eux non seulement tous les médicaments qui entrent dans la formation d'un même spécifique, puisqu'ils doivent agir de concert ; mais encore des rapports entre ceux-ci et les médicaments destinés à la composition des autres spécifiques ; car, comme tous ou plusieurs des spécifiques sont appelés à agir ensemble, il faut éviter qu'une substance quelconque vienne neutraliser les effets des remèdes dans leurs rapports réciproques ; page xx.

Il faut que les divers spécifiques soient réunis entre eux par une harmonie identique à celle qui relie les diverses substances qui entrent dans la composition d'un seul de ces spécifiques. Il ne faut pas qu'il existe entre eux d'antagonisme, ni de pouvoir d'assimilation, car si un même spécifique

le remède agira toujours d'une façon complète et absolue ; page 30.

En effet, si un organe seul est affecté, le spécifique complexe le guérira assurément mieux que tout autre remède, parce qu'il fournira toujours à tous les tissus des organes, les substances nécessaires à leur guérison, quels que soient les symptômes par lesquels la maladie se révèle, et dans ce dernier cas encore, nous pouvons affirmer, d'après notre longue expérience, que cette guérison sera radicale parce que l'agent curatif aura pénétré tout l'organisme et aura agi sur l'état morbide de toutes ses dépendances ; pages 30 et 31.

Dans la composition de nos spécifiques, il a fallu pour ne pas nuire à l'efficacité de leur application, tenir compte des rapports sympathiques que doivent avoir entre eux, non seulement tous les médicaments destinés à entrer dans un même spécifique et par conséquent à agir ensemble, mais encore les médicaments des autres spécifiques, relativement les uns aux autres, parce que ces spécifiques étant destinés à agir de concert pour la plupart, il faut qu'aucune substance ne vienne neutraliser celle qu'un autre spécifique renferme ; page 32.

Il faut que tous les spécifiques soient reliés entre eux par la même harmonie qui unit les diverses substances qui concourent à leur formation particulière.

Pour cela, il ne doit exister non seulement aucune action antagoniste, mais encore pas d'action

contenait deux médicaments possédant les mêmes
propriétés et ayant la même action, il en résulterait
une diminution de la complexité des remèdes, et
leur action particulière serait par là même paralysée ; page xx.

Il est donc nécessaire de savoir grouper d'une
manière précise et rationnelle les remèdes les plus
propres à combattre les maladies en vue desquelles
ces spécifiques ont été composés, afin que l'on
puisse être tout à fait sûr de leur action spécifique ;
page xxi.

Il ne me reste plus qu'à expliquer comment,
avec mes spécifiques électro-homéopathiques, il
n'est pas nécessaire d'interrompre la cure pour que
la réaction s'opère. Et cela, sans vouloir nier d'une
manière absolue la théorie de Hahnemann sur la
réaction, suivant laquelle, lorsque l'organisme est
saturé par un médicament, il perd complètement,
et souvent pour longtemps, la faculté de subir
l'action d'autres remèdes. Sans vouloir nier, je le
répète, une telle réaction, démontrée d'ailleurs par
des faits extraordinaires, qui ne peuvent se produire que dans certains tempéraments, je dirai
seulement que l'on est souvent induit en erreur
en donnant un *seul* remède à réaction prolongée, et
qu'il faudrait pour cela avoir le génie de Hahnemann, ou mieux encore, son intuition des remèdes,
qui, unie à sa haute intelligence et à ses connaissances profondes, lui donnaient une sûreté très
grande dans le choix des spécifiques ; page xxi.

semblable, parce qu'il résulte nécessairement que si dans un même spécifique, on réunit deux médicaments ayant une même action, on diminue la complexité du spécifique, et on paralyse une partie de son action ; page 33.

Il faut savoir d'une manière bien précise, grouper les médicaments les plus propres à combattre les maladies de l'organe ou des groupes d'organes pour lesquels le spécifique est combiné, afin qu'on puisse être bien sûr de son action spécifique ; page 33.

Comment et pourquoi nos spécifiques, donnés sans interruption, n'empêche pas la réaction d'avoir lieu? — Avantage de cette méthode.

Il est un sujet qui soulèvera certainement bien des doutes..... et que nous voulons pourtant tenter d'éclairer.

Hahnemann, en nous enseignant la théorie de la réation des médicaments, a établi que cette réaction ne devrait s'opérer que quand l'organisme, une fois saturé d'un médicament. cessait complètement, souvent pendant une longue période, de subir l'action d'autres remèdes.

Sans vouloir nier la réaction des médicaments, démontrée du reste par des faits extraordinaires qui ne peuvent se produire que chez certains tempéraments, nous dirons que bien des fois on est sujet à errer en ne donnant qu'un seul médicament à longue action, et que pour pratiquer cette méthode, il faudrait être des Bœnninghausen et des Hahnemann, ces génies qui possédaient, pour ainsi dire, l'intuition des médicaments, et dont les profondes connaissances et l'intelligence supérieure rendaient presque sûre leur décision dans le choix des médicaments, quand ils ne prononçaient pas ce mot terrible : *incurable* ; page 37.

Mais comment un médecin consciencieux qui
ne possède pas au même degré les lumières et la
puissance de critérium médical qui était le partage
de Hahnemann, pourrait-il choisir un remède et
attendre impassiblement vingt, trente et même
quarante jours une réaction, sans hésiter, sans
trembler, tandis que la maladie fait des progrès
journaliers ? Et où trouver un malade qui possède
une telle confiance dans le remède choisi, qu'il
puisse attendre patiemment et avec confiance le
résultat d'une expérience si prolongée ?

Si donc, la théorie de la réaction a quelque chose
de vrai en soi, pratiquement elle devient illusoire,
puisque, je le répète, il n'y a que quelques orga-
nismes dans lesquels les médicaments puissent
produire une réaction favorable à de si longs
intervalles ; et même, pour compter sur un tel
prodige, il faut être bien sûr d'avoir donné le
remède nécessaire ; car, s'il ne réussit pas à couvrir
tous les symptômes caractéristiques, son action
devient presque nulle, et dans la plupart des cas,
il serait trop tard pour recommencer et attendre de
nouveau vingt jours une autre réaction possible ;
pages xxi et xxii.

Tandis que, avec mon système électro-homéopathique, il n'est pas nécessaire d'attendre la réaction ; les médicaments, ayant tous un but déterminé,
une action instantanée, ne peuvent jamais produire
d'aggravation et par là même, point n'est besoin
que la réaction se manifeste parce qu'elle se fera
par elle-même, sans qu'il soit nécessaire de sus-
pendre l'administration du remède ; page xxii.

En effet, un organe saturé suffisamment de son
spécifique cessera d'en absorber, mais l'action bien-
faisante se portera alors sur les autres organes plus
récemment attaqués, qui continueront à s'assimiler

Mais parce que l'on est médecin, et médecin
conseiencieux, on ne possède pas toujours le même
degré de lumière, et, si dans le traitement de
toutes les maladies, il fallait choisir un médicament et puis attendre vingt, trente, quarante jours
une réaction, il y a-t-il beaucoup de médecins qui,
sans hésitation et sans trembler, demeureraient té-
moins impassibles des progrès continués de la
maladie ? Où sont les malades dont la foi serait
assez vive pour patienter jusqu'à la fin de cette
longue expérimentation ? Si cette théorie renferme
quelques germes de vérité, elle est souvent illusoire dans la pratique, et, je le répète, il n'y a que
certaines organisations chez lesquelles les médicaments aient, à de si longs intervalles, une réaction favorable. Pour compter sur un véritable
prodige, il faut être bien sûr de la justesse du
médicament, car pour peu qu'il ne couvre pas
tous les symptômes caractéristiques, l'action devient à peu près nulle, et il sera le plus souvent
bien tard pour recommencer si l'on a attendu la
réaction, quinze ou vingt jours ; pages 37 et 38.

Avec la nouvelle méthode des médicaments complexes, il n'est plus besoin d'attendre la réaction ;
les médicaments, ayant tous un but déterminé,
comme il n'y a pas d'aggravation produite par les
spécifiques, il n'y a pas non plus de réaction manifeste à attendre, elle se fera d'elle même, et
sans qu'on suspende le spécifique.

En effet un organe suffisamment saturé de médicament cessera d'en absorber, et l'action bienfai-
sante se développera pendant que d'autres organes
plus récemment atteints, continueront à s'assimiler les substances nécessaires, et la guérison de l'un

les substances nécessaires, et la guérison de l'un facilitera la cure de l'autre, de sorte que l'amélioration de l'un amènera la guérison de l'autre.

En effet, les végétaux ont toujours de l'air, de la terre et de la chaleur, et pourtant les feuilles et les fleurs ne naissent qu'au printemps. Ainsi nous avons toujours dans nos veines le sang qui circule et qui nous donne la vie, et cependant, à un certain âge, notre croissance s'arrête, et, à certaines époques de l'année, notre organisme sain ou malade, subit certaines modifications en connexion intime avec celles qu'on observe dans tout le monde organique.

De même quand l'organisme est guéri, le médicament ne sera plus absorbé, et cela sans aucune fâcheuse conséquence pour notre santé ; pages XXII et XXIII.

Comme conclusion et pour me résumer, j'établirai les faits suivants :

L'Electro-Homéopathie, c'est l'Homéopathie élevée à la perfection de médecine sûre et radicale, etc.

Voilà pour la théorie ; plus loin nous verrons d'où Mattei a tiré les préceptes de la pratique.

facilitera le traitement auquel l'autre est soumis, de même que l'amélioration de l'un amènera la guérison de l'autre.

Les végétaux ont toujours l'air, la terre et la chaleur, et pourtant les feuilles et les fleurs ne poussent qu'au printemps. Nous avons toujours en nous le sang qui circule et qui porte la vie, et cependant à un certain âge, la croissance s'arrête. De même, lorsque les organes sont guéris, le médicament sera rejeté sans aucun danger pour la santé ; pages 38 et 39.

Le lecteur qui aura la patience de suivre ce que Mattei ajoute, *comme conclusion et pour se résumer*, verra que ce n'est qu'une répétition de sa vieille hypothèse ; ainsi, par un nouveau tour de force, il trouve le moyen de copier et de reproduire textuellement les pages de notre ouvrage sur l'*Electro-Homéopathie*, publié sous la réserve de nos droits littéraires, chez Gauthier et Cie à Nice, 1879. Mattei, déjà condamné par les tribunaux pour violation de ces droits, ne craint pas de s'exposer à une nouvelle poursuite.

Mais cette *conclusion* de Mattei est la négation de la logique ; la conclusion légitime qui ressort forcément de tout ce qu'il a *copié* et donné comme théorie de l'Electro-Homéopathie, est celle-ci : Ce que le comte a appelé Electro-Homéopathie, est tout simplement la nouvelle méthode homéopathique exposée par le docteur Finella ; les remèdes qu'il débite, depuis vingt ans, ne peuvent donc être autre chose que les *spécifiques complexes*, dont l'invention lui appartient au même titre que la théorie qu'il a pillée dans l'ouvrage du docteur Finella et publiée en son nom avec *tous droits réservés*. Seulement Mattei n'a donné qu'une notice par trop abrégée des remèdes complexes, et il est nécessaire de la compléter ; c'est ce que nous allons faire.

HISTORIQUE DE L'IDIOIATRIE

La découverte fondamentale de cette médecine
est due à un gentilhomme de Turin, M. l'abbé
Gaudenzio Soleri, ancien aumônier de la Cour, un
de ces hommes à qui la nature a donné le tact et
l'intuition médicale. Dès sa jeunesse, il s'était livré
à des études sérieuses en médecine ; il se consacra
plus spécialement à l'Homéopathie après s'être vu
par cette méthode, guéri lui-même d'infirmités qui
avaient fait le désespoir des sommités médicales de
·la Faculté de Turin. Devenu très expert dans la
pratique homéopathique, M. Soleri donnait chari-
tablement des remèdes aux pauvres surtout, qui
accouraient à lui, soit de la ville, soit des environs.
Un jour, un malade vint le consulter ; l'homme
charitable lui donna un certain nombre de paquets
contenant les remèdes que le malade devait prendre
successivement l'un après l'autre, à intervalles
fixés Il fallait, à peu près un mois pour remplir
cette prescription et épuiser les remèdes. Mais,
quelques jours après, le malade guéri, revint pour
remercier son médecin qui, étonné de le revoir si
tôt, s'enquérit de la façon dont un résultat si prompt

avait été obtenu. « Eh bien ! j'ai pris les remèdes
que vous m'avez donnés, fit l'individu. — Mais,
tous donc ? — Certainement : arrivé chez moi, j'ai
pris, le jour même tous les paquets, ce n'était pas
grand'chose, pourtant je suis tout à fait guéri. » (1)

Ce fut un trait de lumière pour M. Soleri ; il vit
dans cette guérison surprenante un effet complexe
résultant de l'action simultanée de tous les remèdes
que son malade, par une heureuse méprise,
avait absorbés à la fois. Frappé de ce résultat,
M. Soleri fit des expériences qu'il lui était facile de
multiplier et d'étendre à des cas fort divers ; le
succès de ces expériences confirma sa première
idée, qui devint ainsi le principe d'une nouvelle
méthode en Homéopathie, Ses études, dès lors, se
tournèrent surtout sur le choix et les proportions
des médicaments simples, dont l'action isolée est
bien connue, qu'il faut adopter pour former le
groupe où le médicament complexe propre à combattre un certain genre de maladies.

Pendant quelque temps le médecin préparait,
pour chaque malade qui se présentait, le paquet des
remèdes qui, conformément à cette méthode, lui
semblait le mieux approprié au cas particulier ;
bientôt il se rendit maître d'un certain nombre de
maladies, c'est-à-dire qu'il savait préparer d'une
manière à peu près infaillible les groupes spécifiques aptes à les combattre. Enfin, après une expé-

(1) Nous tenons ces détails de M. l'abbé Soleri à qui nous
avons eu l'honneur de rendre visite à Turin, il y a trois ans.

rience assez prolongée, il passa à la composition des vingt-six remèdes qui forment le répertoire thérapeutique de M. l'abbé G. Soleri ; il publia aussi des instructions et des manuels pour l'emploi de cette médecine connue sous le nom de : *Idioiatrie ou nouvelle médecine spécifique* pour les maladies de chaque organe du corps humain. Tel est le titre de l'un des manuels de M. Soleri, qui se vend encore à Turin avec les spécifiques, à la pharmacie Schiapparelli, rue Carlo-Alberto, 21, ou chez l'éditeur Giulio Sperani e figli.

La découverte dont nous venons de tracer l'historique, remonte vers l'année 1850 ; les guérisons qui en suivirent l'emploi de près attirèrent des tracasseries à l'auteur, qui n'est pas médecin officiel et n'a jamais songé à prendre ni diplôme ni brevet d'invention ; il opérait des guérisons, il soulageait les souffrances ; on trouva que c'était *illégal*, et on infligea des amendes à cet homme charitable qui les paya selon les lois.

Vers l'an 1861, M. Joseph Bellotti, neveu de l'abbé Soleri, un jeune et savant médecin de la Faculté de Turin, témoin des succès obtenus par la nouvelle méthode, peu satisfait, ainsi qu'il le dit lui-même, de la médecine usuelle, se joignit à son oncle. Il apportait donc, à l'invention, non seulement l'égide de son diplôme, mais encore des connaissances profondes, des aptitudes remarquables, un amour ardent du progrès et des réformes utiles.

Il fit, avec son oncle, les essais les plus variés.

sur un nombre prodigieux de malades qui se rendaient tous les jours dans son cabinet de consultation.

« Dans nos fréquents entretiens scientifiques, dit
« le docteur Bellotti, nous avons eu soin d'écarter
« tout ce qui n'était pas d'une utilité pratique pour
« les malades ; nos vues, en fait de médecine, se
« trouvaient toujours, instinctivement d'accord. »

En 1862, le docteur publia, en français, son premier ouvrage sur la *Nouvelle médecine spécifique* ;
deux ans après, parut l'édition italienne sous ce
titre : *Idioiatria o nuova medicina specifica*, etc.
(Torino, presso l'Unione tipografica editrice, 1864).
C'est ouvrage est, comme le dit Bellotti page xxii
de la préface), le résumé des études, le résultat
pratique des expériences faites en commun avec
M. l'abbé Soleri.

L'on pourrait peut-être reprocher au docteur
d'avoir oublié, dans tout le reste de son livre, le
nom de celui qu'il appelle au commencement son
ange-conducteur et qui l'avait dirigé sur la voie
pour fonder le nouvel édifice ; mais on devra
reconnaître que M. Bellotti a illustré, par ses
lumières personnelles, la découverte de son oncle ;
s'il eût vécu, à l'heure qu'il est, on parlerait beaucoup de Bellotti et l'on ne parlerait probablement
pas de Mattei.

L'inventeur s'est toujours borné à donner, dans
ses brochures, la pratique de l'Idioiatrie ; le docteur Bellotti, au contraire, déploie dans son ouvrage
beaucoup de science et d'érudition, ce qui nuit à

la popularité de la méthode ; au lieu d'expliquer
tout simplement les faits tels qu'ils s'étaient offerts
comme par un jeu du hasard, ou, ainsi que s'ex-
prime le modeste et pieux Soleri, comme *une inspi-
ration* du ciel, M. Bellotti les fait ressortir des lois
physiologiques et anatomo-pathologiques. Il définit
le spécifique idioiatrique : un agrégat de substances
simples (*les simples de la médecine*), dont on connaît soit l'action individuelle sur les tissus élémentaires qui composent un organe ou un groupe
d'organes, soit leurs rapports avec les causes mor-
bides Or, pour connaître la composition rationnelle
d'un tel médicament, les données nécessaires sont :
1° la connaissance de la structure intime des tissus
élémentaires ; 2° la connaissance de l'action que les
agents thérapeutiques divers exercent sur ces tissus
et des modifications qu'ils y apportent ; 3° les proportions dans lesquelles ces tissus élémentaires
concourent à la formation d'un organe donné ;
4° la connaissance des changements que les maladies produisent dans les rapports des tissus
divers qui, ensemble, constituent un organe ;
5° enfin, la connaissance de l'action des médicaments sur l'organe entier et des modifications qu'ils
sont capables de produire par leur application.

C'est là le canevas du travail théorique développé
dans l'ouvrage de Bellotti ; la théorie est suivie de
la description des spécifiques idioiatriques et de
leur application au traitement des maladies ; enfin
un répertoire général des maladies par ordre alpha-
bétique avec l'indication, par numéros, des remèdes

4

qui conviennent au traitement, complète l'ouvrage. Ce livre de M. Bellotti, indépendamment de
toute considération systématique, restera comme
un travail remarquable en médecine, la première
tentative, à notre connaissance, pour relier l'anatomie, la physiologie et la pathologie à la pharmaco-dynamie et à la thérapeutique ; on trouve dans
la deuxième partie du livre les vingt-six spécifiques de Soleri, et en outre les spécifiques ajoutés
par Bellotti appelés « spécifiques *matériels* », par
oppositions aux premiers, que Bellotti regarde
comme essentiels, parce que les éléments théra-
peuthiques dans ceux-ci sont portés à un tel degré de
subtilité, qu'ils déploient leur puissance essentielle
et presque une action ÉLECTRIQUE, comme s'ex-
prime l'auteur. Bellotti a accepté les études de
Hahnemann sur la *spécificité* des médicaments
ainsi que les procédés des homéopathes pour puri-
fier et subtiliser les substances, mais il rejette les
hautes dilutions et surtont l'idée de la *dynamisation*
telles que l'admettent certains homéopathes. Quoi
qu'il en soit des idées théoriques, Bellotti avait
donné l'élan à la médecine idioiatrique, et acquis
en peu de temps une clientèle très étendue dans
le Piémont, lorsque la mort vint l'enlever, à l'âge
de trente-cinq ans. On n'a jamais pu s'expliquer
cette mort qui, en quelques minutes, sans qu'on
eût le temps de préparer les secours de l'art, fit
tomber le regretté médecin au pied même du lit
d'un malade qui l'avait appelé durant la nuit.

Après sa mort, la famille essaya de faire suivre

la clientèle par un autre médecin ; il n'y eut pas
entente sur les conditions pécuniaires. Bientôt
l'Idioiatrie, que les médecins n'avaient cessé de
combattre dès son apparition, rentra dans le cercle
restreint où Bellotti l'avait trouvée en 1861. Une
innovation de cette nature devait nécessairement
rencontrer de l'opposition ; Bellotti eût été homme à
en triompher ; il n'avait que commencé l'œuvre, il
allait la consolider par le grand ouvrage qu'il se
proposait de publier sur la pharmaco-dynamie, la
posologie et surtout la manipulation des remèdes ;
le temps lui manqua. Quand à l'inventeur des
remèdes idioiatriques, trop modeste, gêné par sa
profession, médecin *illégal* devant la loi, il
ne pouvait guère lutter contre les obstacles, et
Bellotti ne l'avait pas assez relevé comme auteur
de la découverte, mais, au contraire, plutôt
éclipsé.

M. l'abbé Soleri essaya cependant encore une
fois de s'appuyer sur un médecin officiel ; celui-ci
dénonça secrètement, comme coupable d'exercice
illégal de la médecine, son associé, qui paya de
nouvelles amendes et reçut en outre une admonition
de ses supérieurs ecclésiastiques. Ainsi l'Idioiatrie
en Italie se trouvait paralysée : pourtant les vingt-
six spécifiques de M. Soleri ont continué de se
vendre à la pharmacie Schipparelli, ci-devant
Vernetti, à Turin, sous la forme primitive de
pilules, et les personnes qui connaissent cette médecine en usent très avantageusement à l'aide du
Manuel, s'adressant, au besoin, à l'inventeur lui-

même qui ne refuse à personne les éclaircissements
dont on peut avoir besoin dans la pratique.

En France, M. le docteur Finella, natif de Saluces, naturalisé français, ancien médecin-major de
l'armée sarde, ex-médecin de l'hospice de la Pro-
vidence, à Nice, dès l'année 1866, publia chez
Baillière et fils, rue Hautefeuille, à Paris, une
brochure de 44 pages, grand in-8°, sous le titre :
*Nouvelle découverte en homéopathie. Certitude de
mieux guérir par les granules composites*, par le
docteur Finella. Il annonçait en même temps un
ouvrage sous presse : *De la Doctrine composite en
homéopathie*, ouvrage que nous n'avons pas vu.
Dans l'opuscule de 1866, cité ci-dessus, après un
examen historico-critique des deux systèmes de
médecine actuellement en présence, M. Finella
énonce en ces termes le principe de la méthode
composite : « Cette méthode consiste à associer en
« *groupes* certains remèdes dont l'action a une
« très grande analogie entre eux pour une maladie,
« et à administrer au patient le groupe le plus
« *similaire*, le plus *homéopathique* au cas. »
Page 41.

En 1877 parut l'ouvrage : *Nouvelle méthode
homéopathique* du docteur Finella, dont Mattei a
pillé les pages qu'il nous présente comme étant le
résultat de ses études et de ses expériences. L'ouvrage de Finella, un in-octavo de 390 pages,
embrasse l'exposition de la théorie du système
idioiatrique, la pharmacologie, enfin les groupes ou
l'application des remèdes complexes.

L'auteur démontre le principe fondamental du système, c'est-à-dire la nécessité de la complexité des médicaments, par des considérations d'analogie surtout ; Bellotti, profond analyste, fait ressortir le principe théorique des données de la morphologie analytique et de la physiologie. Docteur de la Faculté, Bellotti s'adresse surtout aux savants ; Finella, plus simple, plus naturel dans son exposition, est mieux à la portée du plus grand nombre; il cite avantageusement Bellotti dont le système dit-il, est vrai, mais la composition de ses spécifiques était à rectifier et le nombre encore à compléter.

M. Soleri, le premier inventeur du système, s'est peu soucié des théories, il n'a donné que des guides pratiques fort modestes et populaires ; les noms qu'il donne à ses spécifiques complexes, sont tirés en général, du nom des organes auxquels ils sont appropriés, ou bien des affections qui en réclament l'emploi. Mais chaque médicament est affecté d'un numéro qui, depuis le numéro 1, nommé spécifique général, va jusqu'au numéro 26, le dernier de son répertoire thérapeutique. Quand à la composition de chaque groupe ou numéro, M. Soleri n'indique que l'élément de fond, ainsi pour le numéro 25 qui porte le nom de spécifique *anti-congestif* (anti-angéiotique dit la même chose), il dit : *opium et ses analogues* ; pour le numéro 22 nommé *lymphatique* ou *anti-lymphatique*, il dit : *Iodium et ses analogues* ; ainsi des autres.

M. Bellotti, tout en suivant la même marche, la même nomenclature, indique par leur nom tous les

analogues mais il ne détermine pas les proportions
suivant lesquelles on doit les réunir. En outre,
Bellotti a ajouté seize spécifiques qu'il appelle spécifiques *matériels*, et qui trouvent leur application
dans des cas particuliers ; il porte ainsi le nombre
de ses remèdes à quarante deux. Enfin, le docteur
Finella a donné pour chaque groupe, la composition
complète ou la formule pour le préparer, indiquant
les composants et les proportions respectives : il
porte le nombre des remèdes à cinquante-un, quoique sa numération effective, par des répétitions in-
tercalées, s'arrête à vingt-neuf ; il fait la distinction
entre les préparations par *dilution* et celles par *tri-
turation*, distinction qui se rapproche de celle de
Bellotti entre les remèdes *essentiels* et les remèdes
matériels. Au fond, les remèdes essentiels sont les
vingt-six groupes de M. Soleri : les substances
élémentaires qui entrent dans les cinquante-un
groupes de Finella, sont au nombre de cent vingt-
cinq ; dans vingt-trois spécifiques on trouve l'arsenic ; le mercure, l'antimoine entrent dans un
grand nombre.

Si l'on se donne la peine d'examiner les ouvrages de ces auteurs, on y verra assez d'analogie
avec la pratique mattéiste soit dans l'ensemble,
soit dans les détails. Le spécifique numéro 1 de
Soleri est le régénérateur du sang, il rétablit
l'équilibre général dans toute l'étendue de l'organisme ; on commence tout traitement (excepté
celui des maladies adynamiques) par ce spécifique
qui souvent, à lui seul, enraye et guérit la maladie.

On trouve également indiqué, dans l'ouvrage de Finella, surtout, les modes ou formes avec lesquels on peut administrer les remèdes complexes : en gouttes dans l'eau (c'est le mode primitif de Mattéi) en globules ; en poudre, soit à sec, soit dans l'eau, de même, l'usage externe en pommade ou en dissolution dans l'eau ; dans les cas très graves, Finella prescrit les petites doses par cuillerées à café, toutes les cinq, dix ou quinze minutes (voir page 333). Ce que Mattei dit sur l'*innocuité* de ses remèdes dans le cas qu'on se serait trompé soit dans le choix, soit dans la dose, est dit de la même manière dans le manuel de M. Soleri. Pour plus de détails nous renvoyons aux ouvrages cités.

Résumons notre aperçu historique. En 1850, M. G. Soleri, de Turin, était en possession du principe fondamental d'une nouvelle méthode médicale qui reçut la dénomination de *Idioiatrie* ou médecine spécifique. Cette méthode, fondée sur l'action simultanée de plusieurs remèdes rationnellement réunis, était déjà expérimentée et assez répandue, lorsque le docteur J. Bellotti, de la Faculté de Turin, en 1861, l'étendit et l'éleva au niveau du système scientifique par des publications savantes ; des dépôts de spécifiques nouveaux existaient depuis lors à Turin, à Milan, Asti, Ivrie, etc. En 1866, feu le docteur Finella de Saluces, annonçait en France, devenue sa patrie, la : *nouvelle découverte en homéopathie par les granules composites*, et sous presse : la *Doctrine composite en*

homéopathie, qu'il développa ensuite dans l'ouvrage plusieurs fois cité, édité chez Baillière et fils,
1877.

HISTORIQUE

DE

L'ÉLECTRO-HOMÉOPATHIE

———

Au mois de juin 1865, Mattei vint à Bologne en qualité de médecin et, au grand étonnement de ses concitoyens, il ouvrit une salle de consultation avec l'assistance d'un médecin homéopathe (1). La médecine qu'il faisait à son début n'avait ni le nom ni la forme qu'elle a aujourd'hui ; à Bologne, il n'avait que des remèdes liquides, au nombre de sept pour l'usage interne, plus un liquide, qu'il appelait *électricité végétale*, pour l'usage externe. Ces remèdes que Mattei disait n'être autre chose que le suc de certaines plantes, étaient administrés alors sous forme de gouttes, depuis une jusqu'à quinze, selon le cas, à prendre dans l'eau pendant la journée.

(1) M. Bérard, dans une *Notice sur l'inventeur des remèdes* insérée dans toutes ses éditions, dit : « M. le comte C. Mattei appartient à l'une des premières familles nobles de Bologne. Après avoir étudié les sciences naturelles, il s'est adonné à l'anatomie, à la physiologie et à la pathologie, puis plus exclusivement à la chimie et à la botanique. »

Cette notice est inexacte ; d'abord Mattei n'a pas d'antécé-

Plus tard, Mattei adopta la forme de globules ;
ceux-ci étaient d'abord composés de sucre de lait
comme les globules de l'homéopathie ; aujourd'hui
on les fabrique à Bologne avec le sucre ordinaire
et l'amidon, et on les mouille dans le médicament
au dispensaire général, sous la direction de
M. Louis Mattei, neveu de M. le comte, car il faut
savoir qu'à la Rocchetta, où Mattei s'est enfermé et
d'où il ne veut plus sortir pour protester, dit-il,
jusqu'à sa mort contre les *brigands* qui ont refusé
l'Electro-Homéopathie tout en cherchant à s'emparer des recettes, à la Rocchetta dis-je, on ne fait pas
une goutte de remède, pas un seul globule.

Le procédé de mouillage, il paraît, laisse beaucoup à désirer, car on rencontre des grains à peu
près neutres et d'autres qui sont surchargés de
médicament ; c'est ce qui s'est présenté dans le
cours des analyses que nous avons instituées depuis
trois ans sur les remèdes Mattei ; c'est aussi ce que
nous avoua M. Louis Mattei en nous disant que
malgré les soins qu'il prend pour cette opération,
il ne saurait garantir un mouillage uniforme.

Du reste, il en est de la forme comme du nombre
des remèdes, des doses, du mode d'emploi enfin,

---

dents nobiliaires, le titre de *conte dei sacri palazzi* est per-
sonnel, il l'a reçu du pape Pie IX et ne date que de 1853.
Mattei fit ses études au séminaire de Bologne ; il quitta les
écoles après la rhétorique, il n'a jamais suivi des cours
scientifiques ; les connaissances que Bérard lui prête n'attei-
gnent pas même les notions élémentaires ; c'est précisément ce
qui excita la surprise à Bologne lorsque Mattei s'y présenta
comme médecin.

de la pratique comme de la théorie de cette médecine ; tout change ici et les changements amènent
souvent la confusion quand ce n'est pas la contra-
diction. Ainsi, Mattei pose en principe qu'il n'y a
que deux causes de maladies, partant, deux remèdes guérissent toutes les maladies : « due
rimedi, due soli rimedi, curano i principi di tutti
i mali ; e tutti i mali non hanno che due sole cagioni
cioé : la linfa ed il sangue » (voir l'opuscule :
Emancipazione dell'uomo dal medico, page 13).
Cette simplicité est vraiment séduisante, malheureusement, elle n'est qu'une hypothèse très con-
testable au point de vue théorique et, pratiquement,
en désaccord avec l'expérience ; deux remèdes ne
peuvent suffire, et Mattei en avait sept au début,
puis quinze, puis vingt-six ; tout juste le nombre
des médicaments *complexes* de M. Soleri, et il y a
raison de croire que Mattei en inventera encore
jusqu'à atteindre le numéro cinquante-un où s'est
arrêté Finella.

Toutes les guérisons enregistrées par Mattei
à Bologne, s'obtenaient par des gouttes, dont le
nombre pouvait aller jusqu'à quinze à prendre
dans les vingt-quatre heures ; ensuite les doses
ont baissé à une granule, à un vingtième, à un
quatre centième de globule. Or, une goutte, nous
a dit Mattei un jour du mois d'août 1878, est
l'équivalent comme dose, d'un flacon de globules,
c'est-à-dire de 12,000 globules ; c'est donc aussi
l'équivalent comme commerce, de 120 francs au
prix-courant d'aujourd'hui. Autrefois, Mattei pré-

venait que son *électricité* ne devait être employée
qu'à l'extérieur ; aujourd'hui il la fait boire et aux
repas il fait manger les globules par paquets.
Un médecin allemand (c'est Mattei qui nous a ra-
conté l'anecdote) présent à la salle de consultation
à Rome, s'écria : « cet homme (Mattei) ne sait pas
lui-même ce qu'il a entre ses mains ! »

S'il faut en juger d'après les changements qui
se succèdent sans cesse dans la théorie et dans la
pratique enseignées jusqu'ici par le maître, on est
porté à croire que l'épiphonème du docteur allemand est vrai au pied de la lettre.

Toute découverte scientifique, il est vrai, est
progressive ; dans une matière telle que l'Electro-
Homéopathie, l'expérimentation ne pouvait être
que longue : nous dirons de plus que les recherches qui s'y rattachent ne peuvent être épuisées
pendant la vie de l'inventeur. Cela expliquerait
donc, fort naturellement les variations qu'a subies
l'Electro-Homéopathie ; il est évident que l'inventeur, serait-il un génie de premier ordre, ne pouvait fixer d'emblée le nombre des remèdes ni
indiquer tous les modes de médication utiles dès le
commencement, il fallait, en un mot, tâtonner,
expérimenter, étudier longtemps. Ce qui change
ici notablement la question, c'est que les études et
les expériences que Mattei a poursuivies, nous
dit-il, pendant vingt-cinq ans, nous ont ramené
aux *remèdes complexes*, c'est-à-dire à une médecine
qui était déjà trouvée en 1850, quinze ans avant le
début de Mattei (1865). Dès lors, il ne s'agit plus de

recherches successives ; ce serait plutôt un étalage progressif de remèdes anciens, ménagé de façon à paraître le résultat d'études et de recherches nouvelles.

Nous comprenons M. Bérard, qui, attaché au principe qui fait dépendre toutes les maladies de la lymphe et du sang, s'occupe à préciser les degrés de viciation dans ces deux éléments pour indiquer en conséquence la médication convenable. Mais on ne comprend plus le maître qui, partant du même principe, arrive aux médicaments *spécifiquement composés* pour chaque organe du corps humain ; ces organes ne sont-ils pas un composé du sang et de lymphe, d'après Mattei ?

Mattei pourrait nous dire qu'il se soucie peu des théories, qu'il est tombé sur la théorie de la médecine composite et a vu qu'elle correspond si bien aux effets de ses remèdes, qu'il l'a adaptée à l'Electro-Homéopathie. Que Mattei ait *adapté* la théorie de la *méthode composite* à l'Electro-Homéopathie c'est évident, il l'a même copiée ; mais n'aurait-il pas aussi *adopté* les remèdes d'autrui, et précisément les remèdes *complexes, composites* ou *idioiatriques* qui existaient et s'employaient longtemps avant qu'on entendit parler d'*élictricité végétale* ?

S'il faut le prouver une fois encore, ouvrons le livre que Mattei vient de publier : (*Médecine Electro-Homéopathique,* etc. — Nice, imprimerie Victor-Eugène Gauthier et Cie, 1883) et rappelons-nous que Mattei nous dit au commencement que ce livre est le résultat de ses études et de ses expé-

riences ; que c'est le premier livre dicté par lui, etc.
On lit depuis la page 54 jusqu'à la page 95 une
belle et savante monographie sur la *syphilis* ;
qu'on ouvre maintenant l'ouvrage du docteur
Bellotti (*Idioiatria, o Nuova Medicina specifica*,
metodo per guarire le affezione de ogni organo del
corpo umano, ecc. — Torino, presso l'Unione tipo-
graphica editrice, 1864) ; depuis la page 222 jusqu'à
la page 261, on y trouvera, *en italien*, mot à mot
ce qu'on lit *en français* dans l'étendue des 41 pages
suivies, de Mattei.

Quelques extraits vont suffire pour voir comment
Mattei a transformé l'Idioiatrie en Electro-Homéopathie ; ici, ce n'est plus la théorie, c'est la pratique
de Bellotti qui devient la *nouvelle thérapeutique* de
Mattei. Ce n'est pas trop rassurant pour les valé-
tudinaires qui accourent à la maison de santé de
la Rocchetta.

Pagina 227, linea 7, in fine:

Io non daro' che una breve descrizione dell'ulcera comune : d'altronde poco importa se si abbia a fare con un'ulcera ordinaria o con un'ulcera indurata hunteriana, o coll'ulcera fagedenica o serpiginosa, la quale è complicata con una affezione erpetica della pelle. Lo specifico *antisifilitico* (1) è sempre la base del trattamento, salvo di alternarlo o con lo specifico *comune* (2), nel caso che il fagedenismo o cancrena dell'ulcera fosse provocato da un orgasmo vascolare troppo pronunciato, o con lo specifico *gastro-enterico* (3), nel caso che la causa di questo malore provenisse da una irritazione della membrana mucosa dell'apparato digestivo, o da un imbarazzo gastrico, o con lo *specifico della pelle* (4) in caso di ulcera serpiginosa.

Pagina 229 :

Nel trattamento dell'ulcera si devono osservare tre lati elementari che formana di tale malattia un'entità complessa......
Si principierà dal somministrare lo *specifico generale* (5), il quale farà sparire i sintomi generali che sono l'eco del lavoro locale et della resistenza vitale al principio micidiale.

(1) C'est le numéro 18 de la série de Soleri-Bellotti.
(2) C'est le numéro 1 de Soleri-Bellotti.
(3) Correspond au numéro 14 de ladite série.
(4) On le trouve sous le numéro 19 de Soleri.
(5) Plus bas Bellotti dit qu'il faut continuer pendant deux ou trois jours.

Page 62, ligne 18, à la fin :

Nous ne ferons qu'une brève description de l'ulcère commun, car peu importe que l'on ait à traiter un ulcère ordinaire, ou un ulcère induré huntérien, ou un ulcère phagédénique ou serpigineux, qui est compliqué d'une affection herpétique de la peau.

L'antivénérien ou spécifique antisyphilitique doit toujours être la base du traitement, mais il devra être alterné avec l'*antiangioïtique* dans le cas où le phagédénisme ou gangrène de l'ulcère fût occasionné par un *organe* (sic) vasculaire trop prononcé ; ou avec les *anti-scrofuleux*, lorsque la cause de cette infirmité proviendra d'une irritation de la membrane muqueuse de l'appareil digestif, ou d'un embarras gastrique, et, enfin, avec les *anti-cancéreux*, dans le cas d'ulcère serpigineux.

Page 65 :

Dans le traitement de l'ulcère on doit observer trois côtés élémentaires qui font de cette maladie une entité complexe...

On emploiera d'abord l'*antiangioïtique* pendant quelques jours ; il fera disparaître les symptômes généraux qui sont la résultante de l'empoisonnement local et de la résistance vitale au principe délétère.

Pagine 230-31 :

La seconda operazione, che deve pero' cammi-
nare di concerto con la prima, consiste nel neutra-
lizzare localmente, mediante un *mezzo chimico
materiale* e dotato d'una azione antisifilicica, il
virus specifico.

Il più potente sarà il deutocloruro di mercurio
alla dose di 5 a 10 centigrammi in 50 grammi
d'acqua *per uso esterno* : si bagnano dei filacci in
questa soluzione e si applicano sull'ulcere...

Questa medicazione che deve ripetersi quattro
volte al giorno, sarà continuata fino a che si vedano
apparire nel fondo dell'ulcere le granulazioni rosse...

Ma, a mio parere, tal mezzo materiale non ha
forza che sulla parte più grossolana del virus, e la
parte più fina di esso puo' sottrarsi alla sua influenza : onde essere conseguente alla natura ed
alle modificazioni del virus, io credo sarà oppor-
tuno, dopo cinque o sei giorni di applicazione del
deutocloruro, di sostituirgli l'uso esterno pure dello
specifico antisifilitico, preparato in modo che sia
ancora in relazione con la materialità la più acuta
della malattia, come si vedrà alla fine di quest'o-
pera. La terza indicazione si compie tre giorni
dopo lo sviluppo del male, mediante l'uso dello
specifico antisifilitico, somministrato per uso in-
terno nel tempo stesso che si fa la medicazione
locale ; sí deve cominciare da 6 pillole al giorno di
questo specifico per portarle fine a 10   Questa dose
sarà continuata per lo spazio di dieci a quindici
giorni per scendere a dosi più deboli.

Pages 67-68 :

La seconde opération qui doit marcher de concert avec la première, consiste à enrayer par un *agent chimique*, doué d'une action antisyphilitique, les progrès du virus spécifique (1).

On prendra 25 globules de lantivénérien qu'on fera dissoudre dans 150 grammes d'eau ; on imbibera de la charpie de cette solution et on l'appliquera sur l'ulcère. ...

Cette médication, qu'il faudra répéter quatre fois par jour, sera continuée jusqu'à ce que l'on voie paraître, dans le fond de l'ulcère, des granulations rouges.....

Nous sommes d'avis que ce moyen matériel n'a de force que sur la partie la plus grossière du virus et que la partie la plus fine peut se soustraire à son influence. Pour être conséquent avec la nature et les modifications du virus, nous croyons que, comme troisième opération il sera nécessaire, après cinq ou six jours d'applications externes d'antivénérien, de prendre aussi le même remède en dilution, à l'intérieur, ainsi que des globules à sec de la manière suivante : le premier jour, 2 globules au repas du matin et 2 au repas du soir ; le lendemain 3 globules le matin. 3 le soir ; le surlendemain 3, et ainsi de suite, jusqu'à ce que l'on arrive à 10 globules par repas, soit 20 globules par jour ; puis on suivra la même gradation en sens inverse, c'est-à-dire en diminuant chaque jour le nombre de globules jusqu'à revenir à la dose première... .

(1) Ainsi, l'antivénérien est un *agent chimique* matériel (le mercure) ; il n'est donc plus question de *sucs végétaux* absolument inoffensifs.

Qualora siasi seguito accuratamente tal metodo, si puo' avere il convincimento d'avere soddisfato a tutte le esigenze della malattia contagiosa.

Pagine 232-33 :

Trattamento della sifilide costituzionale. Quando si debbono combattere i sintomi secondari della *lues venerea, quali* . . . .

Non dovrassi mai dimenticare, che sebbene la malattia sia alimentata da un principio specifico, essa è pero' accompagnata da un elemento flogistico e da disordini che disturbano le funzioni generali della vita : e quindi lo *specifico comune* vi trova evidentemente la sua applicazione. . . .
. . . .
Qualora si voglia avere il convincimento che l'ammalato sia perfettamente guarito dalla infezione venerea generale, si devrà continuare l'uso dello specifico *antisifilitico* per lo spazio di tre o quattro mesi . . . .
Quantunque i metodi antisifilitici ordinarii......
possano cancellare per qualche tempo i sintomi sifilitici..... pure essi non sano esenti da conseguenze disastrose. . . . .

Pagina 234 :

Il mio sistema all'incontro, e questo posso dirlo con piena fede, avendolo l'esperienza clinica constato con numerose ed incontestabili guarigioni, non solo guarisce benissimo la sifilide costituzionale. ma ancora non produce un solo dei terribili effetti

Quand on aura suivi consciencieusement ce traitement, on peut être sûr d'avoir satisfait à toutes
les exigences de la maladie contagieuse.

Pages 69-70 :

Traitement de la syphilis constitutionnelle. —
Quand on doit combattre les symptômes secondaires de l'infection syphilitique, tels que . . .

. . . .

On ne devra jamais oublier que quoique la maladie soit alimentée par un principe spécifique, elle
est accompagnée d'un élément phlogistique et de
désordres qui troublent les fonctions générales de
la vie ; et c'est ici que *l'antiangioïtique* et les anti-
scrofuleux trouvent évidemment leur application.

. . . .

Quand on veut être sûr que le malade est parfai-
tement guéri de l'infection syphilitique générale,
on devra continuer l'usage de l'antivénérien pendant trois ou quatre mois . . . .

Quoique les méthodes antisyphilitiques ordi-
naires..... puissent faire disparaître pour quelque
temps les symptômes syphilitiques, il n'en est pas
moins vrai que l'emploi de ces agents peut amener
de tristes conséquences . . . .

Page 71 :

L'Electro-Homéopathie, au contraire, — et ceci
nous pouvons l'assurer avec conviction, l'expérience clinique l'ayant constaté par des guérisons
nombreuses et incontestables — non seulement
guérit radicalement la syphilis constitutionnelle,

ché sono la conseguenza del mercurialismo ordi-
nario : diffatti, io curai individui, nei quali la triste
influenza della sifilide secondaria e terziaria aveva
occasionata la consunzione o la decomposizione
del sangue, ed in consequenza il corpo intero era
colpito da un dimagrimento considerabilissimo ; io
ho sempre avuto la consolazione di vedere sparire
i sintomi sifilitici un dopo l'altro e nello stesso
tempo migliorarsi le condizioni organiche dell'eco-
nomia animale con una rapidità sorprendente, al
punto che la sifilide non era ancora completamente
estirpata che gli ammalati avevano di già ripreso
una floridezza che faceva un notevole contrasto
collo stato quasi cadaverico che presentavano
dapprima.

mais encore elle ne produit aucun des terribles effets qui sont la conséquence du mercurialisme ordinaire. En effet, l'Electro-Homéopathie a guéri des individus chez lesquels la syphilis secondaire ou tertiaire avait occasionné la consomption ou décomposition du sang ; et, conséquemment, le corps était réduit à une extrême maigreur. On a toujours la consolation de voir les symptômes syphilitiques disparaître l'un après l'autre, et en même temps les conditions organiques de l'économie animale s'améliorer avec une surprenante rapidité. Déjà, avant que la syphilis soit complètement extirpée, le malade reprend un teint qui fait un grand contraste avec l'état presque cadavérique qu'il présentait auparavant. (1)

(1) Les abonnés des feuilles mattéistes *(Revue bi-mensuelle. Clinique électro-homéopathique,* etc.), lisent depuis six mois des articles fort savants extraits littéralement de Bellotti et de Finella. Ces journaux ont été fondés pour compléter le livre de Mattei, c'est-à-dire pour lui faire honneur des *dépouilles scientifiques* de Bellotti qui n'avaient pu trouver place dans le livre.

Après la monographie de la syphilis, vient celle du terrible choléra, c'est encore emprunté à Bellotti ; puis vient le tour du cancer, emprunté à Bérard, etc. ; mais nous ne poussons pas plus loin ce travail ingrat qui nous conduirait à reproduire pièce par pièce tout le gros livre dicté par le maître de l'Electro-Homéopathie ; le peu que nous avons rapporté pourra bien suffire. Nous signalons, tout particulièrement au lecteur le dernier trait rapporté : ce qu'il y a là de plus révoltant ce n'est pas le larcin littéraire, qui déjà à ce point devient une moquerie lancée au public, c'est plutôt ce franc parler avec lequel l'auteur *assure avec conviction des guérisons radicales et nombreuses constatées par ses expériences cliniques*, expériences qu'il n'a vues que dans l'ouvrage de Bellotti, d'où il les a copiées ; il nous formule la médication telle qu'il la trouve dans ouvrage de Bellotti, et étayée sur la clinique de Bellotti, puis par une simple substitution de mots, qui consiste à dire *antiangioïtique* au lieu de *spécifique général*, *antiscrofuleux* au lieu de *spécifique gastro-entérique*, etc., le tout devient la *nouvelle thérapeutique expérimentale* du comte César Mattei, et nous sommes *assuré*, après avoir suivi *consciencieusement* ces prescriptions, c'est-à-dire, après avoir changé la nomenclature, d'avoir *satisfait à toutes les exigences de la maladie* ! Le médecin allemand, dans l'anecdocte relatée ci-devant, avait raison : cet homme-là ne connaît pas ce qu'il a entre ses mains ! non, quisqu'il n'a inventé ni les remèdes, ni la théorie, ni la pratique.

Mattei avait dit que ses remèdes n'étaient que le suc de certains végétaux que le hasard ou une lumière d'en haut lui avait fait découvrir ; plus tard, il dit que c'était la matière médicale de Hahnemann, à laquelle il avait ajouté son *électricité végétal* ; enfin, aujourd'hui, il avoue que ce sont les remèdes complexes ou idioiatriques ; il va plus loin encore (voir *Rivista* del comte César Mattei, 22 janvier 1884), il admet que d'autres, Finella ou n'importe qui, ait pu inventer ces remèdes mais à lui, revient le mérite d'y avoir ajouté l'*électricité végétale*. Et voilà le haut secret, voilà la grande invention de Mattei. Or, vu que l'*électricité végétale* n'est qu'un mot et un mot à peine tolérable dans un sens conventionnel, ridicule et absurde au sens propre, Mattei tombe enfin d'accord avec nous quand nous disons qu'il a simplement changé les mots. Bellotti, le premier, a dit dans un langage métaphorique que ses remèdes déploient sur l'économie une action presque *électrique* (ouvrage cité, page 369) ; mais telle n'est pas l'idée de Mattei qui prétend nous vendre l'*électricité* véritable, extraite de plantes que lui seul connaît et que l'on peut s'appliquer même à l'aide d'un fil de fer, (1) tout comme la bouteille de Leyde. A ce

(1) Il est regrettable que ce mode d'application que nous avions déjà fait disparaître, se trouve reproduit dans les livres, d'ailleurs si estimés de M. Bérard. Nous avons imprimé un livre dont le but était ce qu'on pourrait appeler une *justification* de l'Electro-Homéopathie ; nous ne pouvions pas sortir de cette nomenclature électrique, nous ne pouvions que la

point, on ne discute plus ; s'il est permis à M, le
comte d'ignorer les premiers éléments de la science,
il ne lui est pas permis de se moquer du public,
qui alors n'a que trop de raison pour plus croiro
au charlatanisme qu'aux prodiges de l'Electro-
Homéopathie.

Ainsi donc, Bellotti et Soleri ont découvert et
fondé le nouveau système de médecine ; Finella
(indépendamment de toute discussion de priorité)
l'a continué en France et perfectionné sur certains
points ; Mattei en a changé la nomenclature, le
mot a fait la chose et la chose fait des millions
Hâtons-nous d'ajouter que le mot a aussi enveloppé
de mystère la médecine que les inventeurs avaient
mise au jour ; le mot a confondn jusqu'ici la théorie et faussé ou fourvoyé la pratique.

Il y a plus, Mattei a fait un grief impardonnable
aux médecins de ne pas accepter ses remèdes se-
crets dont la vertu réside dans l'électricité végétale ;
son esprit s'est surexcité jusqu'à imaginer qu'il
existe une association, une *ligue* dont il a découvert les affiliés et qui s'évertue pour lui enlever le
trésor tombé du ciel entre ses mains. Arrêtons-nous
un instant sur ce point qui va compléter notre
notice historique.

Tant qu'on ne connaît Mattei que de loin et qu'on

---

justifiér par l'analogie tout en faisant comprendre que c'était
un langage conventionnel pour couvrir le secret. C'est notre
livre, Mattei l'a avoué, qui a fait accepter l'Electro-Homéopathie par le monde instruit ; Mattei nous écrivit ces mots :
dopo il suo libro francese il movimento è diventato immenso.

se le figure comme le novateur, l'inventeur de quelque chose touchant à la médecine on est porté à croire aux mille vexations dont il se dit en butte ; nous avons le regret d'y avoir cru quelque temps et d'avoir écrit sous cette influence quelques pages de notre livre que nous voudrions effacer. Après avoir été sur les lieux et entendu les personnes qui pouvaient nous renseigner, et surtout après avoir essayé un peu nous-même du philantrope, nous avons pu épurer le fond historique de la ligue, nous croyons aussi avoir saisi le rôle qu'elle a joué pour le succès de Mattei.

Ce qu'il y a de vrai à ce sujet c'est d'abord le procès des *faux-monnayeurs* en 1867 : le frère du comte s'étant trouvé impliqué dans l'affaire, des perquisitions judiciaires furent faites dans toutes les maisons appartenant par indivis à eux deux. Le comte Mattei prétendit que c'était une machination montée tout exprès pour aller à la poursuite de *ses recettes* ; dans cette histoire, telle qu'il la raconte à tous les hauts personnages russes, anglais, etc., qui vont visiter son château de la Rocchetta, il y a les noms de chefs et de subalternes, d'homme, d'état. de magistrats, de secrétaires de commune, etc... Il y a quatre ans, ennuyé, disait-il, de toujours répéter son récit à tout le monde qui va lui demander pourquoi il demeure cloué et enfermé *a domicilio coatto* à la Rocchetta, il s'avisa de publier par la presse clandestine le : *Commencement de l'histoire secrète de la contrefaçon de l'Electro-Homéopathie.* La publication n'a pas eu de suite, vu que le *commence-ment* lui avait amené une condamnation correction-nelle exemplaire et une amende de douze mille francs.

L'opposition du monde médical, jaloux par habi-tude de son métier, semblerait s'expliquer d'elle-même, car quand un homme de génie, ayant fait une de ces découvertes qui révolutionnent la science, s'avise de la mettre au jour pour la faire triompher, quelles que soient les opinions contraires, quels que soient les intérêts qui doivent en souffrir, cet homme, ce n'est que trop constant dans l'his-toire, s'expose au tribulations, aux mesures vexa-toires, dont, en tous temps, le monopole n'a pas été réservé qu'à la Sainte Inquisition. Ici, pourtant, une telle explication ne saurait être · invoquée Mattei n'est pas un Raspail ; quand on le vit, en 1865, faire de la médecine, ses concitoyens n'éprou-vèrent d'abord qu'un sentiment de surprise ; on se demandait d'où sortait le docteur nouveau venu. Bientôt le monde accourait aux consultations gra-tuites, où d'ailleurs assistait un médecin homéo-pathe ; aux yeux de la foule on est prophète à bon marché, la foule s'exalte et aime à exalter son prophète, mais quand elle s'écrie *viva* auprès d'un homme, elle va crier *abbasso* derrière un autre. C'est ce qu'on a toujours vu, et ce qu'on voyait à Bologne : des goujats qui sortaient de la salle miraculeuse allaient insulter les médecins, des pamphlets, des *sonetti*, étaient journellement placardés çà et là à l'adresse de personnes res-pectables ; on alla jusqu'à les menacer en leur domicile, et Rizzoli, cette illustration indiscutable de l'art, l'honneur de la Faculté de Bologne, le philanthrope qui a légué aux pauvres le produit de son travail, Rizzoli ne fut pas épargné.

Mattei se plait à raconter ces scènes qu'il trouve les plus *comiques et les plus garibaldesques du monde*; c'était plutôt des scènes sauvages qui, même sans en faire rejaillir jusqu'à lui la responsabilité, auraient bien suffi pour faire fermer la salle dans tout pays policé. Toutefois, ce ne furent ni les médecins, ni la police qui vinrent y mettre fin : ce fut le procès des faux-monnayeurs en 1867; à cette époque, le comte alla faire ses expériences à Rome; après l'issue du procès, il ne rentra plus à Bologne, il se fixa à la Rocchetta, d'où il n'est plus sorti.

Ainsi donc le mauvais succès en Italie n'était pas l'effet de l'émoi de la classe médicale, c'était l'effet tout naturel des *scènes garibaldesques* des clients que les écrits du maître semblaient encourager ou approuver ; et quand on lit ces écrits (un poco di atoria dei rimedi Mattei. Emancipazione dell'uomo dal medico, etc.) on ne s'étonne plus que d'une chose : c'est de la grande tolérance que Mattei a trouvée en Italie pour jeter le mépris sur les réputations scientifiques de sa ville.

Dis ans après les expériences de Bologne, le succès était nul; de 1874 à 1875 Mattei s'adressait en vain au peuple et au clergé de l'Italie; enfin, du fond de sa solitude, ayant compris que nul n'est prophète en son pays, il se tourna vers l'étranger, étalant aux yeux des lointains les miracles qui

n'avaient pu convertir l'Italie. Il trouva des coopé-
rateurs dévoués, des expérimentateurs sans pré-
vention, des dépositaires accrédités, et, ce qui était
surtout nécessaire, des écrivains qui surent présenter au public l'invention malgré l'obscurité de
l'origine et l'obstacle du secret. C'est par le concours de ces hommes que les remèdes ont pris
l'essor ; mais au fur et à mesure que l'œuvre
avançait dans un pays, les dépositaires étaient dé-
noncés comme étant des *contrefacteurs*, les prati-
quants comme faussant les doses, les écrivains
comme trompant le maître, tous comme étant les
agents cachés de la ligue qui alors n'était plus
restreinte à Bologne ; elle avait enveloppé le monde.

Tel est le résultat final historique, résultat qui
est trop connu pour que nous nous y arrêtions
davantage ; les feuilles de Mattei, depuis quatre
ans, semblent n'avoir d'autre but que celui de
dénigrer les personnes qui ont le plus contribué à
lui élever un piédestal.

La ligue et les brigands sont une fiction ; le
scandale est réel, et ici, il fait les frais de la réclame :
la guerre dont Mattei se plaint a fait son succès, et
comme argent il est complet. Mattei rêvait encore
une apothéose : le livre publié dernièrement à Nice,
tout en faisant monter la vente des spécifiques,
devait assurer la couronne à l'inventeur. Le livre
l'a trahi : Mattei laissera après beaucoup d'argent
mais point de gloire.

FIN

NICE — TYPOGRAPHIE A. GILLETTA

www.ingramcontent.com/pod-product-compliance
Lightning Source LLC
Chambersburg PA
CBHW060457260626
47161CB00005B/2138